文・圖｜**吉田隆大**

出生於日本大阪府，多摩美術大學視覺設計科畢業。因為發表於SNS的插畫「能讓人噗哧一笑、深具療癒效果」而形成熱門話題，2018年出版第一本著作《假如天線》（暫譯）。目前任職於廣告公司，同時從事插畫、漫畫創作。

翻譯｜**詹慕如**

自由口筆譯工作者。翻譯作品散見推理、文學、設計、童書等各領域，並從事藝文、商務、科技等類型會議與活動之同步口譯。譯作有《阿吉的魔法紅球》、《Earth地球叔叔教我的事：做對選擇就能改變》、《大小姐小學生 1：香娜兒的初體驗》、《大小姐小學生 2：香娜兒的大挑戰》等（以上皆由小熊出版）。

臉書專頁：譯窩豐 www.facebook.com/interjptw

我心裡的對話框

文·圖／吉田隆大 翻譯／詹慕如

小裕有一個煩惱。

他捉弄了好朋友小花。

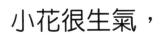

拉

小花很生氣，

兩個人吵架了。

他說不出「對不起」，
兩個人一直沒有和好。

其實我很想跟
小花和好！

就在這個時候……

沒問題，
包在我身上！

哇！
你是誰？

我是小框。
平常我都在聽你說話哦！
我想帶你去一個地方。

比如這樣！

哇！鞋子說話了！

對不起，
把你踩扁了。

小裕重新把鞋穿好。

好厲害哦！
我還要聽！

嗯⋯⋯
說些什麼好呢？

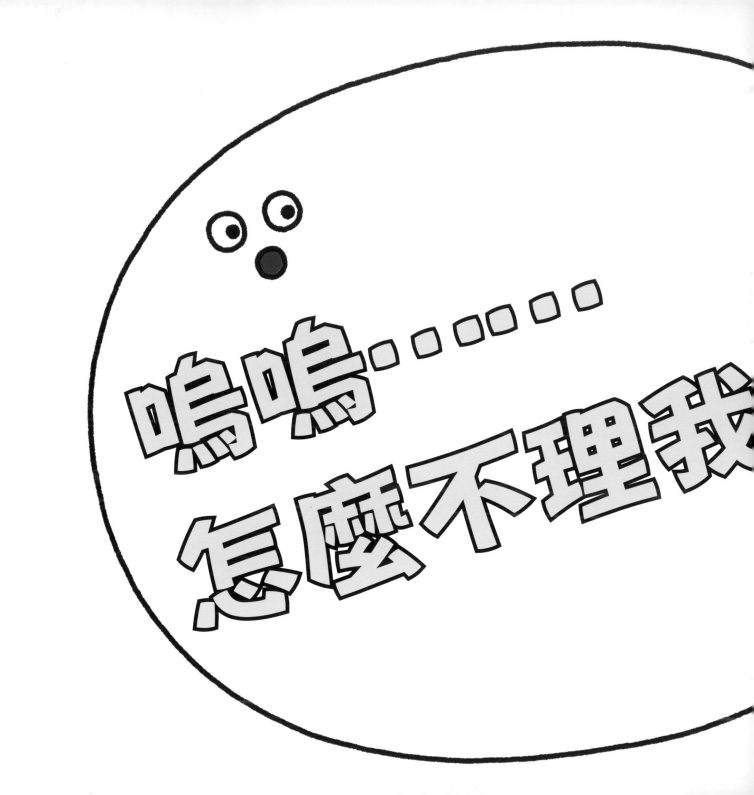

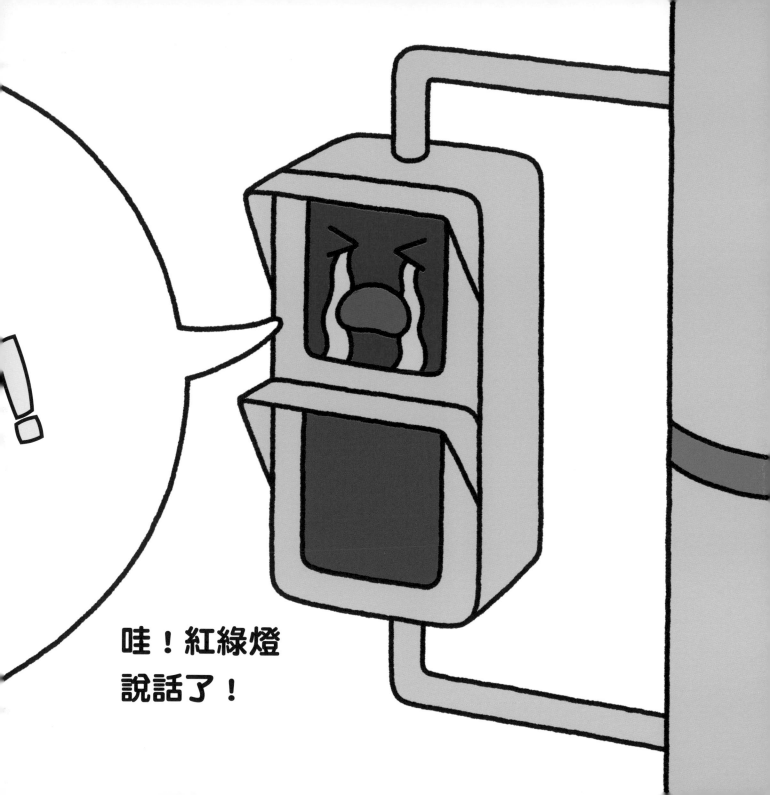

可以聽到心聲真是太有趣了！
我們再去其他地方看看吧！

小裕覺得非常有意思。

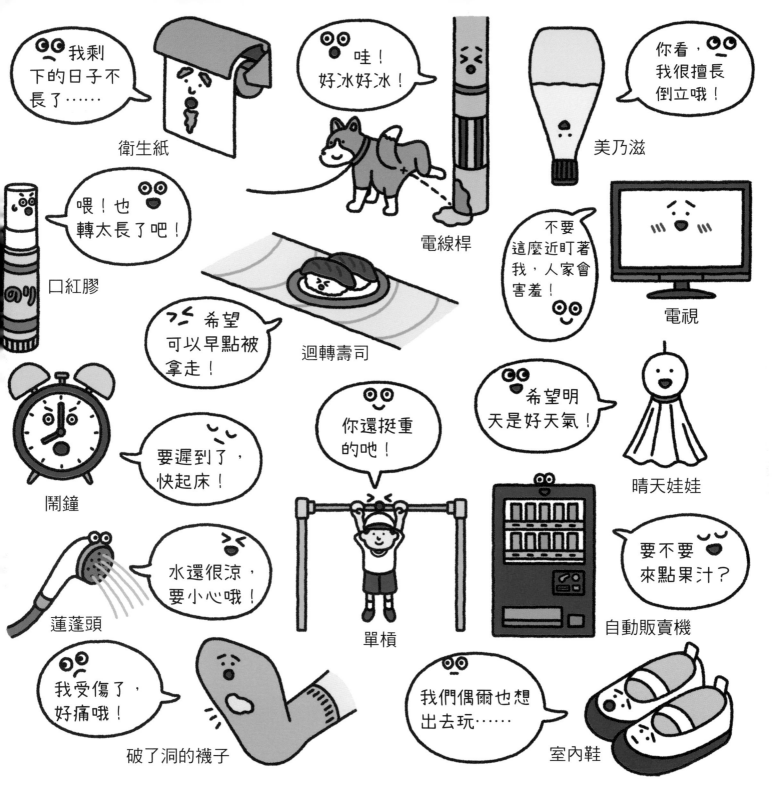

每樣東西都有自己的心聲，
但是沒有我，它們就無法說話。

不過，你自己就可以說話。
如果想和好，只要跟小花說聲
「對不起」就好了！

小裕快步走到
小花身邊,

但是他遲遲說
不出口。

那個……
我……

萬一對方不原諒
我怎麼辦？

這樣一來，
我可能永遠都說
不出口……

嗯……

怎麼了？

小花覺得奇怪，
走向小裕。

這時，小框靠近小裕的臉……

其實我有話想跟你說！

唉？嘴巴自己說話了！

能夠和好真是太棒了！我也差不多該走了。

啊！為什麼？再多跟我一起玩一會兒嘛！

對不起……下一個人還在等我，我得快點去幫他才行！

啊……好吧！那麼，我們要說再見了。

小框會出現在地球的某個角落，
幫助需要幫助的孩子。

精選圖畫書
我心裡的對話框
文・圖／吉田隆大　翻譯／詹慕如

總編輯：鄭如瑤｜主編：施穎芳｜美術編輯：楊雅屏｜內頁排版：李筱琪｜行銷副理：塗幸儀｜行銷助理：龔乙桐

出版：小熊出版／遠足文化事業股份有限公司｜發行：遠足文化事業股份有限公司（讀書共和國出版集團）
地址：231新北市新店區民權路108-3號6樓｜電話：02-22181417｜傳真：02-86672166
劃撥帳號：19504465｜戶名：遠足文化事業股份有限公司
Facebook：小熊出版｜E-mail：littlebear@bookrep.com.tw

讀書共和國出版集團網路書店：www.bookrep.com.tw
客服專線：0800-221029｜客服信箱：service@bookrep.com.tw
團體訂購請洽業務部：02-22181417 分機1124
法律顧問：華洋法律事務所／蘇文生律師｜印製：凱林彩印股份有限公司
初版一刷：2022年12月｜初版二刷：2024年6月｜定價：320 元｜書號：0BTP1138
ISBN：978-626-7224-19-9（紙本書）、9786267224281（EPUB）、9786267224274（PDF）

小熊出版讀者回函　　小熊出版官方網頁

國家圖書館出版品預行編目 (CIP) 資料

我心裡的對話框/吉田隆大文.圖 ; 詹慕如翻
譯. -- 初版. -- 新北市 : 小熊出版 : 遠足文化事
業股份有限公司發行, 2022.12
40面 ; 21 x 21公分. -- (精選圖畫書)
ISBN 978-626-7224-19-9(精裝)
1.SHTB: 社會互動--3-6歲幼兒讀物
861.599　　　　　　　　　　111019550